Le don de Lili

Céline Tortorello

Le don de Lili

Roman

LE LYS BLEU
ÉDITIONS

ISBN : 979-10-377-9628-8

Chapitre I
Lili

Lili était une petite fille très réservée qui avait beaucoup de mal à se lier d'amitié et à faire confiance aux autres. Elle restait seule la plupart du temps et se sentait différente des autres petites filles de son âge.

Cette mignonne petite fille, aux yeux verts et coiffée de magnifiques anglaises de couleur châtain, avait un secret.

Lili ressentait au fond d'elle que personne ne pouvait la comprendre ni la croire. Elle avait un don très spécial !

Cette dernière pouvait ressentir des choses que personne d'autre de son entourage ne pouvait. La petite fille avait la capacité de ressentir, de voir et d'entendre les défunts. Elle était comme un aimant pour les esprits qui se trouvaient au même endroit qu'elle.

Elle n'aimait pas avoir ce don et aurait préféré être une petite fille comme les autres… sans ce don qui la suivra toute sa vie.

Cette fillette vivait à la campagne, dans une maison ancienne, que son papa avait arrangée avec goût pour créer un cocon familial. Lili était très proche de ses parents, sa petite sœur et son grand frère. Mais sa famille n'était pas apte à entendre et comprendre son don.

Lili se sentait seule avec son secret.

Chapitre II
Seule

Lorsque Lili se trouvait dans différents lieux, elle pouvait ressentir si des esprits s'y trouvaient. Elle n'avait pas besoin d'aller bien loin pour les côtoyer. Sa maison familiale était un lieu très spécial.

Ses parents préféraient que la petite fille vienne avec eux lorsqu'ils devaient partir faire des courses, ou même, aller rendre visite à des amis. Lili ne voulait, enfin, ne pouvait pas les suivre de son plein gré. Elle leur répondait non, alors qu'elle aurait préféré suivre ses parents. Comme si quelqu'un parlait à sa place.

Elle avait le sentiment que la maison ne voulait pas qu'elle sorte, qu'elle l'emprisonnait. Lili n'était pas libre de ses choix.

La jeune fille avait des sentiments partagés. Elle aimait beaucoup sa maison de famille, mais ressentait également cette peur au plus profond d'elle. Elle savait que des phénomènes pouvaient arriver la nuit, comme en pleine journée lorsqu'elle était seule chez elle.

Elle avait essayé à plusieurs reprises de parler à ses parents de ce qu'elle voyait se dérouler dans son foyer. Mais ces derniers ne la croyaient pas et lui répétaient chaque fois que c'était dans son imagination.

Lili avait fini par ne plus se confier à eux et devait subir tous ces phénomènes inexpliqués… seule.

À plusieurs reprises, et presque toutes les nuits, une fois toute la maisonnée couchée, Lili avait la visite d'un esprit, toujours le même. Peut-être était-il un ancien propriétaire des lieux, un paysan mort dans les champs où avait été construite la maison, ou même, un ouvrier de la papeterie se trouvant non loin de là. Elle ne le saura jamais.

Cet esprit qu'elle ressentait comme un homme d'une cinquantaine d'années, très grand, barbu et cheveux commençant à grisonner, n'avait pas d'après elle, de mauvaises intentions. Mais il était possessif envers elle et voulait qu'elle le remarque, comme s'il attendait de l'aide de sa part. En raison de son âge et n'ayant personne pour l'écouter et prendre au sérieux ses dires, Lili n'avait aucun moyen d'aider cet homme. C'est pour cela qu'elle avait sans cesse dans sa chambre, la visite de cet esprit insistant.

Sa chambre était à l'étage à côté de celle de son grand frère. La nuit, lorsqu'elle entendait le bois du parquet craquer comme si une personne marchait de la chambre de son frère jusqu'à la sienne, elle savait qu'elle allait avoir la visite de cet homme et qu'elle mettrait très longtemps à s'endormir, malgré son besoin de sommeil.

Chapitre III
L'homme

Lorsque la présence masculine pénétrait dans sa chambre, Lili l'entendait faire le tour de son lit par les craquements que faisait le parquet.

Elle se sentait épiée, observée et, par moment, ressentait le souffle froid de cet homme sur son visage.

Ce dernier se manifestait auprès d'elle de différentes façons.

Elle le ressentait par moment dans le coin de la pièce, comme s'il restait des heures, assis à l'observer. Par moment, elle le sentait juste à côté d'elle. D'autres fois, quelque chose de lourd et invisible était au pied de son lit, comme s'il s'y asseyait.

Une certaine nuit a été plus perturbante pour la petite fille.

Lili ne l'avait pas entendu entrer dans la chambre et pensait pouvoir enfin passer une nuit apaisante. Malheureusement ce n'était pas le cas. Lili, commençant à peine à s'endormir, se réveilla d'un seul coup, se sentant complètement paralysée de tout son corps. Les yeux grands ouverts, elle était incapable de dire le moindre mot ni crier. Elle ne pouvait que le supplier de la libérer… mais par la pensée. Elle le sentait tout près de son visage. Après seulement deux longues minutes de panique, qui lui paraissaient une éternité, cette entité masculine avait fini par lâcher son emprise et sortir de la chambre. Ce soir-là Lili n'eut plus de visite de l'homme pour la nuit, mais les suivantes… si.

D'autres phénomènes qu'elle ne pouvait expliquer se déroulaient également dans le foyer.

Chapitre IV
Maison de famille

En fin d'après-midi, un jour d'été, Lili était une nouvelle fois seule dans sa maison de famille. Elle faisait ses devoirs, assise à son bureau au fond de sa chambre, tournant le dos à celle-ci. Concentrée dans ses études, elle fut interrompue par un gros bruit, tel un coup de canon, qui fit trembler le sol de la chambre.

Elle avait entendu également au même instant sa commode bouger et toute sa belle collection de parfums tomber et se briser sur celle-ci. Mais lorsqu'elle se retourna pour regarder, à son grand étonnement, aucun flacon de parfum, même pas un petit, n'était tombé ni n'avait bougé. Lili avait compris qu'une fois de plus ce n'était pas une chose naturelle qui avait provoqué ceci. Mais alors qui, ou même quoi ?

Dans la maison, des choses changeaient souvent de place, sans que personne n'y ait touché.

La maman de Lili avait l'habitude de laisser des objets ou vêtements sur l'escalier pour que les enfants les montent dans leurs chambres pour les ranger. Un jour, Lili avait aperçu que sa mère lui avait déposé sa petite console de jeux sur la troisième marche de l'escalier. Elle l'avait montée et déposée aussitôt sur la commode de sa chambre, puis était redescendue prendre sa douche dans la salle de bain qui se trouvait au rez-de-chaussée. Une fois sa toilette terminée, Lili était remontée dans sa chambre pour déposer son pyjama. Mais une fois au pied de l'escalier, stupeur ! La console était de nouveau là, également placée sur la troisième marche de l'escalier.

Ces phénomènes pesaient beaucoup à Lili. Elle se sentait constamment observée. Elle décidait donc de se confier à une amie de classe.

Un jour, Julia était venue passer la journée et avait pu constater d'elle-même ce que Lili lui avait confié.

Lili et Julia étaient montées dans la chambre pour discuter. Lili avait remarqué que sa maman avait oublié une bouteille de nettoyant à vitres sur sa commode. Voulant boire un verre de sirop, les filles étaient descendues à la cuisine qui se trouvait juste sous la chambre. Lili avait également profité de redescendre la bouteille de produit pour la replacer sous l'évier de la cuisine.

Après environ cinq minutes, elles avaient décidé de remonter. Une fois là-haut, Lili avait du mal à en croire ses yeux. Le produit ménager était de nouveau sur sa commode, à la même place et posée dans le même sens.

Cela lui faisait peur, mais elle était également soulagée d'avoir enfin un témoin de ce qui lui arrivait tous les jours et depuis de nombreuses années. Julia ne pouvait que constater les faits. Mais étant également une adolescente, que pouvait-elle faire de plus pour aider son amie ? Malheureusement pour Lili, rien de plus.

Chapitre V
Ressentis

Lili avait également des sensations étranges lorsqu'elle se trouvait dans des lieux différents.

Lili avait eu plusieurs occasions d'entrer dans des églises. À chaque fois, elle ressentait une grande et profonde tristesse, ce qui lui faisait monter les larmes aux yeux. Elle faisait tout pour les retenir, mais elles finissaient par couler sans explications rationnelles. Alors que ces moments étaient joyeux, comme lors de mariages, ou même des fêtes religieuses avec de jolis chants religieux. Elle n'arrivait pas à comprendre ce sentiment qu'elle ne pouvait contrôler.

Lorsqu'elle partait visiter un lieu ou même rendre visite à quelqu'un, elle ne pouvait franchir le seuil de certaines pièces. Elle avait comme une barrière invisible devant elle qui la stoppait sur place. Elle ne pouvait que faire demi-tour sur ses pas.

Lili arrivait également à ressentir lorsqu'une personne était en mauvaise santé et n'allait pas tarder à quitter ce monde.

Mais comment en parler à la personne et être prise au sérieux, alors même que celle-ci se sentait en très bonne santé ? Malheureusement, c'était le dénouement exact pour la personne concernée.

Plus âgée, Lili avait eu aussi à croiser le monde de la possession.

Lorsqu'elle rencontrait des personnes possédées par quelque chose, elle pouvait voir leurs yeux noirs et insistants se poser sur elle. Ces gens avaient un comportement normal, mais avec un regard à faire froid dans le dos.

Cette entité savait que Lili la voyait.

Chapitre VI
La réincarnation

Un jour de juin, Lili, adolescente, passionnée depuis toujours de danse, allait préparer son spectacle de fin d'année avec son conservatoire de danse dans un village non loin de chez elle.

Sa maman l'accompagnait rejoindre ses camarades de danse à l'entrée d'un grand parc magnifiquement arboré. Lili avait à ce moment une impression de déjà-vu.

Elle demanda avec insistance si sa mère l'y avait déjà amenée. Celle-ci lui confirmait que jamais elle n'en avait eu l'occasion et découvrait également avec elle ce magnifique endroit.

Lili ne comprenait pas pourquoi elle avait ce ressenti très fort en elle. Elle était persuadée de connaître depuis toujours ce parc et avait le sentiment d'y avoir très souvent fait de grandes et agréables balades.

Elle expliquait à sa mère avant de traverser le parc, qu'au fond de celui-ci se trouvait un domaine ancien en pierre, avec une grande cour bordée de murs bas de chaque côté de l'entrée et n'ayant aucun portail.

Plus loin, sa mère n'en revenait pas. La bâtisse en pierre était bel et bien là ! Comment sa fille aurait-elle pu deviner le manoir ancien sans être venue une seule fois ?

Lili insistait de nouveau en disant à sa maman qu'elle connaissait bien ces lieux, comme si elle avait déjà vécu ici… et qu'elle pouvait même le prouver.

Ses copines intriguées demandaient à Lili de décrire l'intérieur du domaine avant de pouvoir y pénétrer.

Pour Lili, une fois l'impressionnante porte ancienne franchie, avec son bruit aigu et son bois craquant par son frottement au sol, on devrait y découvrir un gigantesque hall d'entrée avec une vaste et magnifique rosace au sol. Puis elle y décrivait également deux grandes portes de chaque côté de l'entrée, donnant pour chacune sur une salle du rez-de-chaussée. Le hall d'entrée serait partagé en deux parties par une marche sur toute la longueur de la pièce. Après cette marche se trouverait également un impressionnant escalier de marbre partant de la gauche et montant en arrondi, longeant les larges murs de cette salle au haut plafond ancien.

Ces descriptions faites, Lili et ses amies voulaient s'empresser de les vérifier. Mais leur professeur de danse n'avait pas encore la clé en sa possession. Les petites danseuses devaient attendre jusqu'au lendemain, car elles devaient y pénétrer pour y découvrir les lieux qui devaient leur servir de loges pour le soir du spectacle.

Une fois les répétitions du spectacle terminées, Lili devait rentrer chez elle avec sa mère. Elle ne pouvait s'empêcher de penser à ce manoir qui lui était si familier.

Le lendemain après-midi, Lili, arrivée sur le lieu du spectacle à venir, pouvait enfin pénétrer dans le domaine, suivie de ses camarades qui voulaient vérifier ses dires.

Une fois l'impressionnante porte ouverte, tout y était ! Le bruit que faisait la porte en s'ouvrant, la rosace au sol, les portes, la marche et même l'escalier de marbre partant de la gauche.

Lili ressentait à l'ouverture du manoir comme un bien-être, comme un retour chez soi. Elle était chez elle !

Ses amies et sa mère ne pouvaient que constater que les ressentis de Lili étaient fondés.

Lili et ses copines avaient décidé de faire le tour du propriétaire. Une fois à l'étage où un petit hall les attendait, les filles s'étaient retrouvées devant une grande porte ouverte à deux battants qui donnait sur une vaste salle aux grandes fenêtres et plafonds hauts. Puis comme au rez-de-chaussée, une porte de chaque côté. Derrière chaque porte, une grande salle toujours à haut plafond. Les amies de Lili regardaient ces pièces délabrées, alors que la jeune fille, elle, voyait une salle de repos où était pris le thé, une chambre d'un tout petit enfant, et la suite des propriétaires de la demeure. En observant les murs, elle pouvait y voir le papier peint clair et fleuri, puis ressentir des odeurs printanières, alors qu'il n'y avait à ce jour plus que des murs écaillés par le temps et une forte odeur d'humidité.

Ensuite, les camarades de Lili ayant terminé la visite de l'étage avaient décidé d'emprunter un escalier en colimaçon qui se trouvait dans une pièce en retrait du hall de l'étage. Lili avait commencé à les suivre jusqu'au moment de mettre le pied sur la première marche de l'escalier, qui descendait on ne sait où. Devant celui-ci par lequel toutes étaient descendues, Lili ne pouvait voir qu'un trou d'un noir intense. Elle était tétanisée devant et ne pouvait plus avancer. Comme paralysée devant, durant une longue minute, elle avait fini par se libérer de cette emprise et s'était précipitée dans le hall pour descendre par l'escalier en marbre. Ses copines déjà en bas, Lili leur avait expliqué ce qui lui était arrivé à l'étage et leur avait dit sans s'en rendre compte : « Je suis morte dans cet escalier. Quelqu'un m'y a poussé ! » À cet instant, une des fillettes lui avait dit : « Dans une vie antérieure, tu avais dû vivre ici, et sûrement y mourir. Ça s'appelle la réincarnation ! »

En bas, Lili fixait constamment une magnifique porte vitrée en fer forgé qui devait donner sur la pièce où descendait l'escalier en colimaçon. Comme un blocage, Lili ne pouvait pas la franchir. Elle sentait qu'elle ne devait surtout pas y aller, au risque de lui arriver quelque chose de mauvais.

Le lendemain au soir, son spectacle s'était bien déroulé. Lili se sentait bien, mais avait également du mal à accepter toutes ses élèves de deux conservatoires de danse dans le manoir. C'était comme si toutes ces danseuses envahissaient le domaine et que cela n'aurait pas plu aux propriétaires des lieux.

Une fois le spectacle terminé, Lili avait dû rentrer chez elle, mais avec une pression au cœur de quitter les lieux, comme si encore une fois elle devait leur dire au revoir.

Quelques années plus tard, avec plus d'expérience, Lili s'était remémoré cette aventure. Elle restait convaincue que lors d'une vie antérieure elle avait vécu et péri dans cette demeure. Pas en tant que propriétaire, mais plutôt en tant que nourrice ou gouvernante du domaine. Encore maintenant Lili aime aider les autres et sent qu'elle devait sûrement faire de même dans une autre vie.

Chapitre VII
L'internat

En 1994, pour ses études, Lili avait dû intégrer une école privée de filles, qui était tenue par des sœurs religieuses. Cet établissement étant un peu éloigné de chez elle, sa maman avait préféré que Lili y dorme la semaine en internat.

L'internat se trouvait dans un lieu séparé de l'école. C'était une vieille bâtisse qui logeait, il y a très longtemps, des prêtres et sœurs religieuses.

Lili ne se sentait vraiment pas à l'aise dans ce lieu. La jeune fille avait beaucoup de difficulté à se lier d'amitié avec d'autres camarades de l'internat. Mais ce n'était pas la raison du mal-être qu'elle ressentait au plus profond.

Une fois les chambres attribuées, elle intégra la chambre composée de dix lits.

Lili prit place en haut d'un lit gigogne. En dessous, une nouvelle camarade de classe, Lisa.

Malgré le matelas très confortable, Lili ne trouvait pas le sommeil. C'était comme si quelqu'un la fixait toute la nuit pour lui faire ressentir sa présence, alors que personne ne se trouvait devant elle. Par moment lorsqu'elle passait son bras devant elle, comme pour vérifier si quelqu'un était là, Lili ressentait une zone froide, même parfois glacée.

La petite fille évitait également de se retrouver seule dans le long et vide couloir froid de l'internat. Elle avait l'impression d'avoir une présence derrière elle chaque fois qu'elle le traversait.

Une nuit, Lili venait tout juste de s'allonger dans son lit. Toutes ses camarades de chambre dormaient déjà depuis un moment. Lili était toujours la dernière à trouver le sommeil. La chambre était dans le noir total et sa porte fermée. Tout à coup, la porte s'était ouverte sans raison, laissant un peu de lumière du couloir entrer dans la chambre. Ensuite, Lili avait entendu comme si quelqu'un se précipitait jusqu'à son lit. La jeune fille s'était penchée pour regarder. Mais personne devant elle. En se rallongeant, Lili s'était aperçue qu'elle voyait quelque chose à sa droite. Elle pensait que cela venait de ses yeux fatigués et se les frottait, mais rien n'y changeait. Lili voyait toujours comme une masse floue devant son lit au niveau de son visage. Lorsque la fillette bougeait pour regarder, cette masse restait au même endroit, comme lorsqu'on regarde une personne immobile devant nous et qu'on lui tourne autour. Cette zone était froide. Lili se sentant en danger avait pris tout son courage pour sortir de son lit, passer le long couloir froid et frapper à la porte de la chambre de la surveillante d'internat. Tout en s'excusant de la réveiller, Lili lui expliquait ce qui s'était passé dans la chambre. Elle lui avait également parlé de son don, tout en se disant que, comme ses parents, cette dame ne la croirait pas. Mais Lili pouvait être soulagée, la surveillante la croyait et essayait de l'apaiser. Cette dernière lui avait préparé une infusion avant de l'accompagner dans sa chambre. Lili ne sentait plus cette présence dans celle-ci et put enfin trouver le sommeil.

Quelques jours plus tard, elle avait demandé à changer de chambre et était avec une fille nommée Stéphanie avec qui elle s'était liée d'amitié. Dans cette chambre, elle pouvait trouver le sommeil tous les soirs.

Lili avait dû finir l'année scolaire dans cet internat, mais suppliait sa mère de ne plus l'y laisser pour les autres années à venir.

Sa mère ayant accepté, Lili prenait le bus chaque jour pour aller à l'école.

Chapitre VIII
Adieux

En 1999, Lili était très triste. Le mari de sa grand-mère paternelle venait de décéder à l'âge de 94 ans.

Lili l'avait connu depuis toujours et le considérait comme son troisième grand-père. Il était également très attaché à elle, ainsi qu'à ses frère et sœur.

Le soir de l'enterrement, Lili pleurait dans son lit et lui parlait, se disant qu'il pouvait être auprès d'elle. Elle lui décrivait sa tristesse de le perdre et qu'il allait beaucoup lui manquer. Tout à coup, la petite fille ressentait un poids lourd et froid sur le dessus de sa tête, comme une main qui se déposait sur elle. Lili avait l'habitude de phénomènes inexpliqués, mais ne s'était jamais sentie si apaisée en ces moments particuliers. Pour elle, c'était son grand-père qui voulait la réconforter et lui montrer qu'il serait toujours auprès d'elle.

Lili, profitant de cet instant, racontait au défunt qu'un homme, qu'elle ne pouvait voir d'elle-même, lui faisait peur depuis toujours dans cette chambre et qu'il venait perturber son sommeil chaque nuit.

Depuis ce soir-là, Lili put trouver le repos dans sa chambre. Elle entendait toujours l'homme venir, mais sentait comme une bulle de protection autour d'elle. L'homme ne pouvait plus l'atteindre.

Un jour, Lili avait eu l'occasion de parler à sa tante qui était la fille de son grand-père par alliance. Celle-ci avait ressenti la même chose pendant son sommeil, également le soir de l'enterrement. Comme Lili, elle pensait que son père était venu lui dire au revoir.

Chapitre IX
Le voisin

Adulte et maman, Lili vivait dans un quartier où les voisins du même âge s'entendaient très bien, leurs enfants jouaient, grandissaient ensemble et allaient dans les mêmes écoles.

Une nuit d'avril, vers 23 h, Lili et son compagnon avaient remarqué par leur fenêtre, des gyrophares qui illuminaient le quartier, mais sans aucune sirène en marche.

Ils ne pouvaient voir ce qui se passait à l'extérieur, éblouis par les gyrophares d'un bleu intense. Ils ne pouvaient que constater que quelque chose n'allait pas chez un de leurs voisins.

Son compagnon était parti prendre une douche avant d'aller dormir. Lili, comme poussée par quelque chose, avait fait irruption dans la salle de bain et comme si quelqu'un parlait par son intermédiaire, annonçait à ce dernier : « C'est Yoann, c'est son cœur, c'est grave ! »

Son compagnon ne comprenait pas pourquoi une telle affirmation de sa part sans savoir, sans être sorti voir et sachant que ce voisin était en bonne santé encore dans la journée.

Après hésitation, ne voulant pas déranger, ils avaient fini par sortir et voir s'ils pouvaient aider.

D'autres voisins sortaient également. Un d'entre eux leur avait annoncé la mauvaise nouvelle. C'était bien leur voisin Yoann.

Il avait ressenti une douleur dans la poitrine et avait demandé de l'aide aux pompiers. Une fois dans le camion, il avait eu une nouvelle crise et les pompiers pratiquaient des massages cardiaques.

Le compagnon de Lili la regardait comme pour dire, tu avais raison.

Ils avaient passé une bonne partie de la nuit auprès de la compagne du voisin pour la soutenir le plus possible.

Une étoile filante passait juste au-dessus de la maison de Yoann. Elle passait tellement lentement que tous les voisins avaient le temps de l'admirer. Une voisine avait suggéré à la compagne de faire un vœu pour aider le père de ses enfants. Mais Lili fit signe que ce n'était pas une simple étoile. C'était pour elle, Yoann qui disait au revoir à tous ses amis présents en ce triste moment.

Juste après la disparition totale de l'étoile, un pompier sortait du camion pour annoncer la mauvaise nouvelle.

Chapitre X
Le passage

Lili vivait dans sa propre maison avec son compagnon et ses deux enfants en bas âges. Celle-ci était située dans un petit village en haut d'une montagne au calme.

Cette maison était simple et très agréable. Mais Lili n'en avait pas terminé avec son don qui ne s'était pas atténué avec l'âge. La maison était implantée dans « un passage ».

Ils avaient fait construire leur foyer sur des champs. D'après les chênes se trouvant sur le terrain, on pouvait en déduire qu'ils devaient délimiter un passage. Il devait certainement mener au cimetière du petit village implanté à une centaine de mètres de leur maison.

Lili, comme dans sa maison d'enfance, ressentait, mais surtout voyait des choses.

Par moment, des ombres traversaient le couloir de sa maison. D'autre fois les rideaux de sa chambre bougeaient seuls, comme si une rafale de vent venait de passer.

Comme toujours, Lili était la dernière de la maison à aller se coucher le soir. Presque toutes les nuits lorsque la maman s'approchait de la porte de sa chambre pour aller dormir, elle entendait deux voix de femmes en train de discuter derrière. Son compagnon y dormait à poings fermés depuis plusieurs heures. Avant d'ouvrir la porte, elle pensait chaque fois voir la télévision de la chambre encore en marche. Ce qui aurait pu être une explication rationnelle. Mais après avoir ouvert la porte, elle s'apercevait qu'elle était chaque fois bien éteinte et que les voix s'arrêtaient au même instant.

Son fils était somnambule depuis qu'ils vivaient tous dans cette maison. Il réveillait très souvent sa mère en pleine nuit. Il lui racontait également voir des choses dans sa chambre. Son petit garçon étant quelqu'un de très sensible, Lili prenait en compte ses ressentiments, qu'elle-même avait eus étant enfant.

Une nuit alors que Lili et son compagnon dormaient dans leur lit, la maman avait senti comme souvent, son fils se faufiler dans la chambre parentale et se précipiter sur le lit. Elle souleva sa couette en disant : « Viens entre nous » puis elle a continué sa nuit avec son fils blotti dans ses bras. Mais à son réveil, pensant trouver auprès d'elle son petit garçon, elle resta étonnée de ne pas le voir. Il n'y avait que son compagnon encore endormi. Lili, s'étant levée pour voir où était son fils, le trouva profondément endormi dans son lit, encore bordé, comme elle l'avait fait la veille en le couchant. Mais alors, qui avait-elle invité à dormir dans son lit cette nuit-là ? Qui était cette masse qu'elle avait enlacée avec toute la tendresse d'une mère, tout contre son cœur ?

Un soir de février, son chat bien aimé mourut dans ses bras sur le canapé du salon, entouré de ses enfants en pleurs. Les soirs suivants, pendant plusieurs mois, lorsque Lili était seule, elle pouvait ressentir son chat sauter sur le canapé pour se blottir à côté d'elle, comme il le faisait très souvent avant de les quitter.

Le père de ses enfants d'origine indou avait l'habitude de pratiquer des prières dans la maison. Il croyait à beaucoup de choses touchant à la religion, mais n'avait pas le même don ni la même sensibilité que Lili et ne pouvait pas voir toutes ces choses étranges que voyait sa compagne.

Lorsque Lili apercevait, entendait ou ressentait des choses particulières, elle le rapportait à son compagnon. Celui-ci pratiquait des prières, seul ou par moment avec l'aide de sa famille qui vivait très loin. Cela atténuait les fréquences de passage de ces entités. Mais au regret de Lili, cela ne les bloquait pas pour toujours.

Il pensait que leur maison avait été construite sur le passage qui menait les défunts dans leurs cercueils jusqu'au cimetière et que ces derniers continueraient de passer par là, comme s'il n'y avait aucune maison dessus.

Chapitre XI
Au revoir l'enfance

Année 2020, Lili allait avoir quarante ans. Son enfance paraissait à la fois très loin, mais également très proche.

Elle n'avait jamais oublié tous ces moments effrayants vécus dans sa maison d'enfance.

Lorsqu'elle retournait passer quelques jours là-bas, elle ne subissait plus les visites incessantes de l'homme qui lui faisait tant peur, enfant. Peut-être grâce au caractère plus fort qu'elle avait acquis depuis qu'elle était devenue maman.

Ses enfants aimaient venir chez leurs grands-parents. Ils dormaient dans la chambre de petite fille de leur maman. Ils y passaient la nuit avec un sentiment d'être épié et refusaient de dormir d'un certain côté de la chambre. Le même où leur mère ressentait l'homme l'observer des heures avant qu'elle ne réussisse à trouver le sommeil. Lili, ne voulant pas les effrayer, ne leur avait jamais parlé des nuits de son enfance. Avaient-ils le même don qu'elle ?

Les parents de Lili avaient depuis plusieurs années acheté une autre maison dans l'Ardèche. À la retraite de son père, le couple avait choisi d'aller y vivre au calme et de vendre la maison familiale.

Une fois vendue, Lili et ses enfants avaient voulu y passer trois dernières nuits pour pouvoir dire adieu à la maison, qui était très chère à son cœur. Sans parler de la chambre, cette maison respirait le bonheur. De nombreuses fêtes de famille s'y étaient déroulées. Que de souvenirs joyeux et de tendresse lui revenaient en tête ! Les empreintes de mains de la famille étaient incrustées dans le béton de l'allée du jardin, mais pas seulement. Cette maison allait garder en elle les empreintes de tous les êtres qui passaient en son lieu.

Lili avait le sentiment d'abandonner sa maison, ne pouvant pas se permettre de la racheter. Chose qu'elle s'était promise toute son enfance, comme si c'était la maison qui le lui demandait.

Elle avait également le sentiment d'inachevé. Elle n'avait jamais su qui était cet homme qui hantait ses nuits.

Lili ne devait y rester que pour deux nuits. Mais elle espérait au fond d'elle entendre une dernière fois les pas de l'homme dans sa chambre, comme si elle attendait son approbation pour tourner cette page de sa vie et laisser une autre famille continuer l'histoire.

La deuxième nuit, elle n'avait pas eu la visite de l'homme… mais d'une autre entité.

Lili avait laissé la porte de sa chambre grande ouverte pour inviter l'homme à y entrer. Mais lorsqu'elle avait entendu les bruits de pas, elle avait compris très vite que ce n'était pas celui qu'elle attendait et referma aussitôt sa porte en disant : « Rentre chez toi ! Tu n'es pas la bienvenue dans cette maison ! » Puis plus rien. Comme stoppé au pas de la porte. Elle n'eut plus de visite cette nuit-là.

Lili avait l'habitude d'entendre le pas lourd, mais lent de l'homme qui venait dans sa chambre sans y être invité. Ce soir-là, le pas qu'elle avait entendu était un pas rapide et paniqué qui arrivait du fond de la mezzanine en bois qui faisait palier entre les deux chambres du haut. Elle comprit de suite qui était l'entité. D'où cette phrase « tu n'es pas LA bienvenue ! »

Quelques mois plus tôt, une jeune fille d'environ 15 ans avait mis fin à ses jours en se pendant à l'arbre de son jardin. Cette adolescente, très mal dans sa peau et très triste, habitait depuis quelques années dans la maison qui collait celle des parents de Lili.

Ressentant sûrement que Lili avait le don de pouvoir l'entendre, elle avait dû profiter de cette invitation pour se manifester elle aussi.

Les enfants de Lili n'avaient rien entendu. Ils dormaient profondément, rassurés par la présence de leur mère.

Lili ayant toujours ce sentiment de mal-être avait décidé de rester une dernière nuit et voir si cela serait bénéfique.

Cette nuit-là, elle avait entendu les pas de l'homme venir, mais pour la première fois, rester au pas de sa porte sans la franchir. Elle ne parlait pas, mais s'exprimait avec des pensées très fortes qui venaient du plus profond de son cœur.

Elle lui disait qu'elle ne lui en voulait pas pour toutes ces années où il l'avait effrayée. Elle comprenait toutes ses tentatives pour qu'elle l'aide, mais était beaucoup trop jeune pour faire ce qu'il attendait d'elle. Elle lui expliquait également qu'il ne la verrait plus jamais et qu'une autre histoire allait se vivre dans la maison, avec une nouvelle famille. Sûrement qu'un jour la maison serait de nouveau remplie de rires d'enfants. Elle lui demanda de ne pas faire subir à ces futurs enfants ce qu'elle a subi elle-même par toutes ses visites nocturnes. Puis elle referma doucement la porte de la chambre, comme pour dire « adieu ». Ensuite, Lili s'était endormie paisiblement avec un sentiment de libération.

Le lendemain, elle put dire une dernière fois au revoir à la maison, mais également à son enfance, le cœur apaisé.

Chapitre XII
Nouveaux dons

Lili avait compris quelques années auparavant qu'elle avait également un autre don qui venait de se réveiller. Elle avait le don de conjurer le feu et les piqûres de guêpes. Un don très utile avec des enfants à la maison. Son père venait de le découvrir pour lui-même, puis en avait parlé à Lili. Le soir après le départ de ses parents, Lili s'était brûlé le doigt avec une poêle. Comme poussée par quelque chose, elle prit son doigt brûlé dans son autre main et arriva à stopper la douleur. Plus tard, elle avait eu plusieurs occasions de le faire sur d'autres personnes. Grâce à ce don, Lili pouvait également calmer les piqûres d'insectes et faire baisser la fièvre de ses enfants.

Lili devait depuis toujours vivre avec le don de voir et ressentir des choses que d'autres personnes ne pouvaient… et surtout ne comprenaient pas.

Elle avait beaucoup souffert dans son enfance de l'incompréhension de ses parents envers ses dires. On ne la croyait pas. Enfant, Lili s'était sentie seule et à l'écart de tous. Elle s'était refermée sur elle-même.

Mais, étant devenue mère de deux magnifiques enfants métisses, Lili s'était juré de les écouter lorsqu'ils lui parleraient de choses étranges qu'ils n'arriveraient pas à comprendre.

Elle allait tout faire pour protéger ses enfants de ce monde parallèle. Elle restait attentive à tous phénomènes se manifestant autour de son foyer.

La vie de Lili était à présent centrée sur sa famille. Mais allait-elle vivre d'autres phénomènes particuliers ?

Imprimé en Allemagne
Achevé d'imprimer en juin 2023
Dépôt légal : juin 2023

Pour

Le Lys Bleu Éditions
40, rue du Louvre
75001 Paris

www.ingramcontent.com/pod-product-compliance
Lightning Source LLC
La Vergne TN
LVHW040929150826
845672LV00007B/2266

* 9 7 9 1 0 3 7 7 9 6 2 8 8 *